LES BOREALES

TROPIQUE DES ETOILES 3

CHRIS LAMQUET

Hélyode

UNE SERIE ATMOSPHERE

S E R I E   T R O P I Q U E   D E S   E T O I L E S

Hélyode Editions Tél : 32-2-211 27 33
58, rue Saint-Pierre Fax : 32-2-223 13 11
B-1000 Bruxelles
ISBN : 2-87353-035-9
D/1993/5987/7
1ère édition : septembre 1993
imprimé en Belgique

"La publication de cet ouvrage a été encouragée
par le Fonds d'Aide à l'Edition de la Communauté française"

ARCHIPEL DES ORCADES, DANS LA MER DU NORD...
FSSHIII...

CE MATIN D'AUTOMNE KENNETH GAMBLIN ET SA BANDE FONT UNE ÉTRANGE DÉCOUVERTE PRÈS D'UN QUAI DÉSAFFECTÉ DE LA GARE DE WICK, AU NORD DE L'ECOSSE ...
280
LE CORPS INANIMÉ D'UN GARÇON DE PEAU OLIVATRE, AUX MEMBRES NOUEUX ET SECS COMME LES BRANCHES D'ARBUSTES ÉPARPILLÉES AUTOUR DE LUI ...
UNE ODEUR DE VAGABOND ET SA TÊTE D'INDIEN POUR SEULS PAPIERS.
Lamquet 92

AAM-ZAA...
IRRIGUÉ DE RAYONS SOLAIRES, LE COEUR VÉGÉTAL EST TOUR À TOUR ÉMERAUDE OU RUBIS... VOICI DÉJÀ QUATORZE MOIS QU'IL A TRESSÉ SES RAMURES AUTOUR DE LA STATION O.R.A.S., ET POURTANT TRÈS PEU D'HOMMES CONNAISSENT SON EXISTENCE...
COMMENT EXPLIQUER L'INEXPLICABLE ?
LES SPÉCIALISTES EURENT BEAU DÉPLOYER TOUTE LEUR PANOPLIE D'YEUX, D'OREILLES ET DE PALPEURS ÉLECTRONIQUES...
QUELQUES MALHEUREUX TENTÈRENT MÊME D'Y PÉNÉTRER...
LE "MACHIN" SEMBLE S'ÊTRE INSTALLÉ À JAMAIS SUR UNE ORBITE STABLE...
ET SES MILLIONS DE FEUILLES CRISTALLINES SONT AUTANT DE QUESTIONS SANS RÉPONSE.

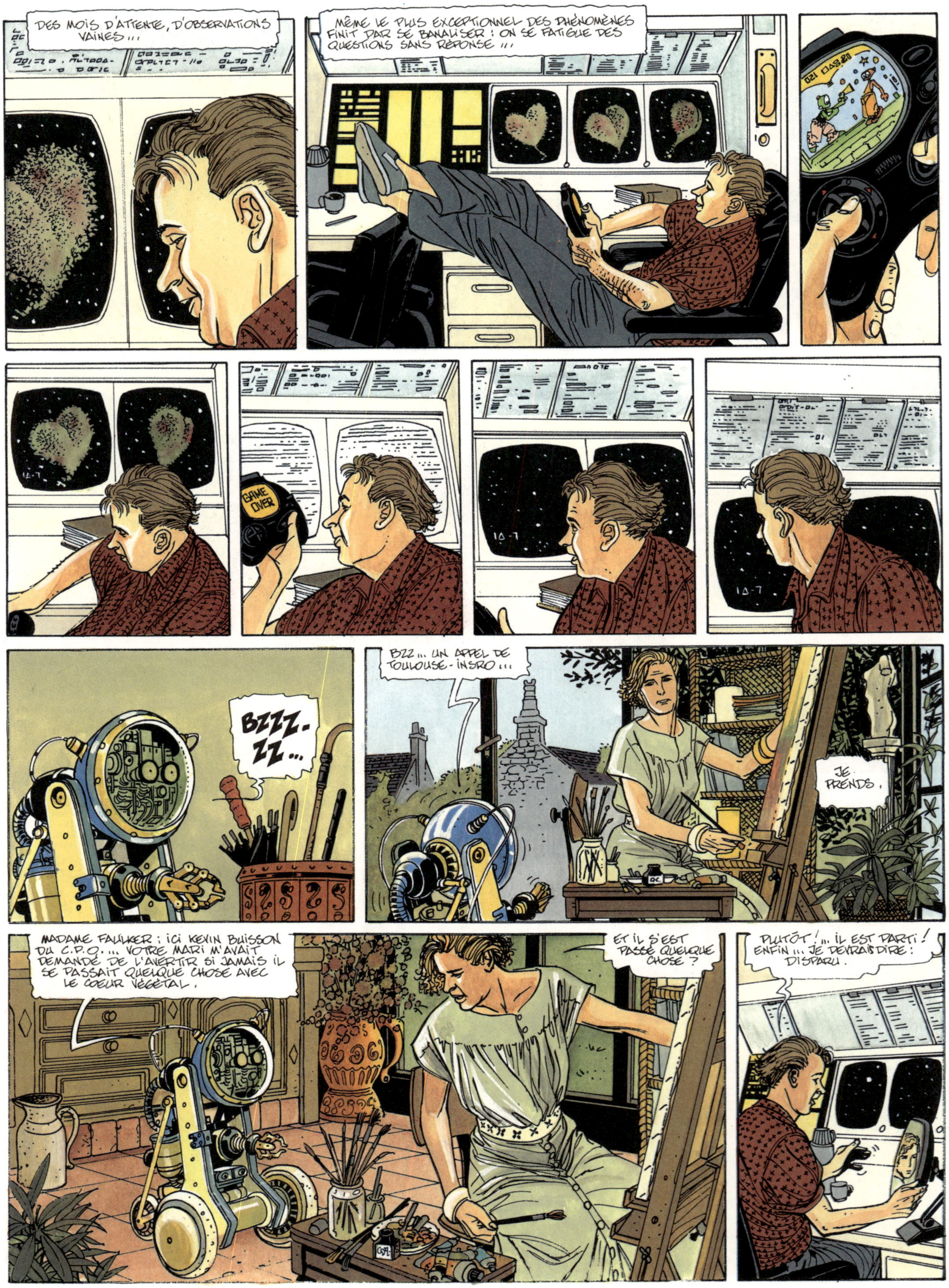
DES MOIS D'ATTENTE, D'OBSERVATIONS VAINES ...
MÊME LE PLUS EXCEPTIONNEL DES PHÉNOMÈNES FINIT PAR SE BANALISER : ON SE FATIGUE DES QUESTIONS SANS RÉPONSE ...
GAME OVER
BZZZ. ZZ ...
BZZ ... UN APPEL DE TOULOUSE - INSRO ...
JE PRENDS.
MADAME FAULKER : ICI KEVIN BUISSON DU C.P.O. ... VOTRE MARI M'AVAIT DEMANDÉ DE L'AVERTIR SI JAMAIS IL SE PASSAIT QUELQUE CHOSE AVEC LE COEUR VÉGÉTAL.
ET IL S'EST PASSÉ QUELQUE CHOSE ?
PLUTÔT ! ... IL EST PARTI ! ENFIN ... JE DEVRAIS DIRE : DISPARU.

MON DIEU ! ... ET LA STATION ?
DISPARUE AUSSI ...
JE ME SUIS DÉJÀ REPASSÉ LA BANDE D'ENREGISTREMENT PLUSIEURS FOIS ; UN ÉCLAIR LUMINEUX ET PUIS PLUS RIEN ... PLUS RIEN DU TOUT !
JE FAIS QUOI ? J'AVERTIS QUI ?
CONTACTEZ ARANOV AU CENTRE DE KOUROU ... LUI, ET PERSONNE D'AUTRE !
... JE ME CHARGE D'ANNONCER LA NOUVELLE MOI-MÊME À MON MARI.
ARANOV À KOUROU ... BIEN.
CHASSE LA TAUPE, PLUTON ! ... CHASSE ! SECOUE TES PUCES !
QU'EST-CE QUE JE FAIS ? LA DISPARITION DE CE FICHU COEUR VÉGÉTAL RISQUE DE LE FAIRE REPLONGER EN PLEINE DÉPRIME ... 'MANQUAIT PLUS QUE CETTE TUILE ...
DEPUIS SON ATTAQUE CARDIAQUE À BORD DE LA NAVETTE SPATIALE, MEL FAULKER SE TRAÎNE DANS UN ÉTAT PHYSIQUE DE VIEILLARD PERCLUS DE BOBOS ... QUATORZE MOIS DANS UN CORPS EN ÉTAT D'ALERTE ET LE MENTAL TOTALEMENT DÉGLINGUÉ ...
QUATORZE MOIS, QUATORZE ANS ...
FAUTEUIL, ICI !

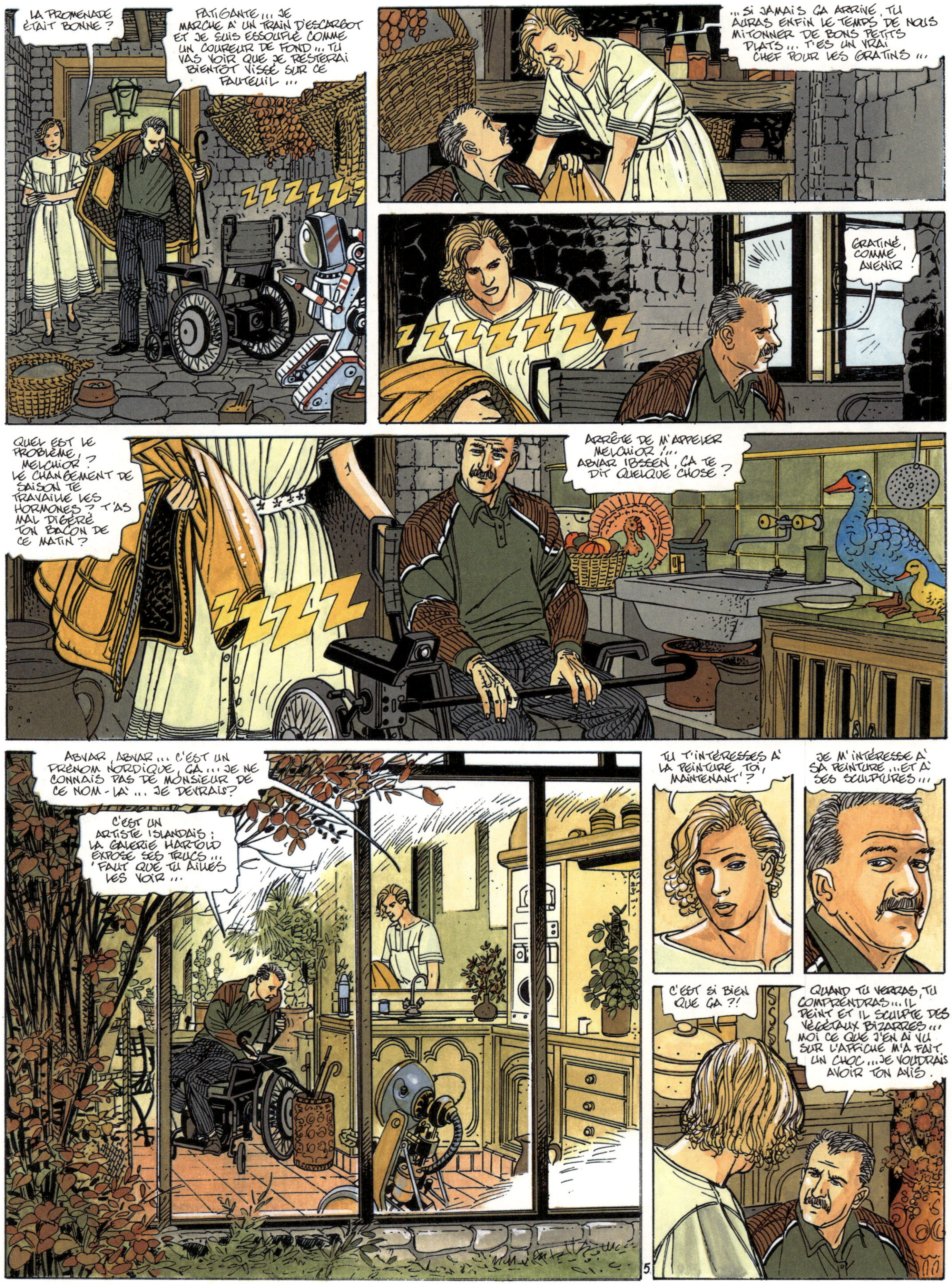
LA PROMENADE ÉTAIT BONNE ?
FATIGANTE... JE MARCHE À UN TRAIN D'ESCARGOT ET JE SUIS ESSOUFLÉ COMME UN COUREUR DE FOND... TU VAS VOIR QUE JE RESTERAI BIENTÔT VISSÉ SUR CE FAUTEUIL...
...SI JAMAIS ÇA ARRIVE, TU AURAS ENFIN LE TEMPS DE NOUS MITONNER DE BONS PETITS PLATS... T'ES UN VRAI CHEF POUR LES GRATINS...
GRATINÉ, COMME AVENIR !
QUEL EST LE PROBLÈME, MELCHIOR ? LE CHANGEMENT DE SAISON TE TRAVAILLE LES HORMONES ? T'AS MAL DIGÉRÉ TON BACON DE CE MATIN ?
ARRÊTE DE M'APPELER MELCHIOR !... ABVAR IBSSEN, ÇA TE DIT QUELQUE CHOSE ?
ABVAR, ABVAR... C'EST UN PRÉNOM NORDIQUE, ÇA... JE NE CONNAIS PAS DE MONSIEUR DE CE NOM-LÀ... JE DEVRAIS?
C'EST UN ARTISTE ISLANDAIS : LA GALERIE HARTOLD EXPOSE SES TRUCS... 'FAUT QUE TU AILLES LES VOIR...
TU T'INTÉRESSES À LA PEINTURE, TOI, MAINTENANT ?
JE M'INTÉRESSE À SA PEINTURE... ET À SES SCULPTURES...
C'EST SI BIEN QUE ÇA ?!
QUAND TU VERRAS, TU COMPRENDRAS... IL PEINT ET IL SCULPTE DES VÉGÉTAUX BIZARRES... MOI CE QUE J'EN AI VU SUR L'AFFICHE M'A FAIT UN CHOC... JE VOUDRAIS AVOIR TON AVIS.

BEN DIS DONC ! TU T'ÉTONNES D'ÊTRE VANNÉ, TOI !? LA GALERIE HARTOLD, CE N'EST PAS À CÔTÉ DE LA PORTE.
JE VIENS DE TE DIRE QUE J'AI JUSTE VU UNE AFFICHE !... QU'EST-CE QUE CE ROBOT FICHE ICI ?
HERSIE ! RAPPORT AUDIO.
BZZZ... 10H47. CONTACT TOULOUSE-INSRO : DESTINATAIRE : MEL FAULKER.
AÏE ! SALETÉE DE ROBOT ...
ENREGISTREMENT : KLIK. -MADAME FAULKER, ICI KEVIN BUISSON DU C.P.O. ; VOTRE MARI M'AVAIT DEMANDÉ DE ...
- ... CHOSE ? - PLUTÔT !... IL EST PARTI ... ENFIN, JE DEVRAIS DIRE : DISPARU !
-MON DIEU ! ET LA STATION ?
MEL ...
... NOV, À KOUROU, BIEN ...
AAAAH
AAM-ZA !
AAM-ZA !
HEY !
MAIS QU'EST-CE QUI SE PASSE LÀ DERRIÈ ... ?!
AAM-ZA !

AAM.ZA!
?!
AAM-ZA
AAM-ZAAA!
SUSAN! RETIENS-LE!
QU'EST-CE QUI LUI PREND?
MMPOF!
VIENS, CALME-TOI!
JEFFREY! BRAQUE!
BRAQUE!
KRAAK!

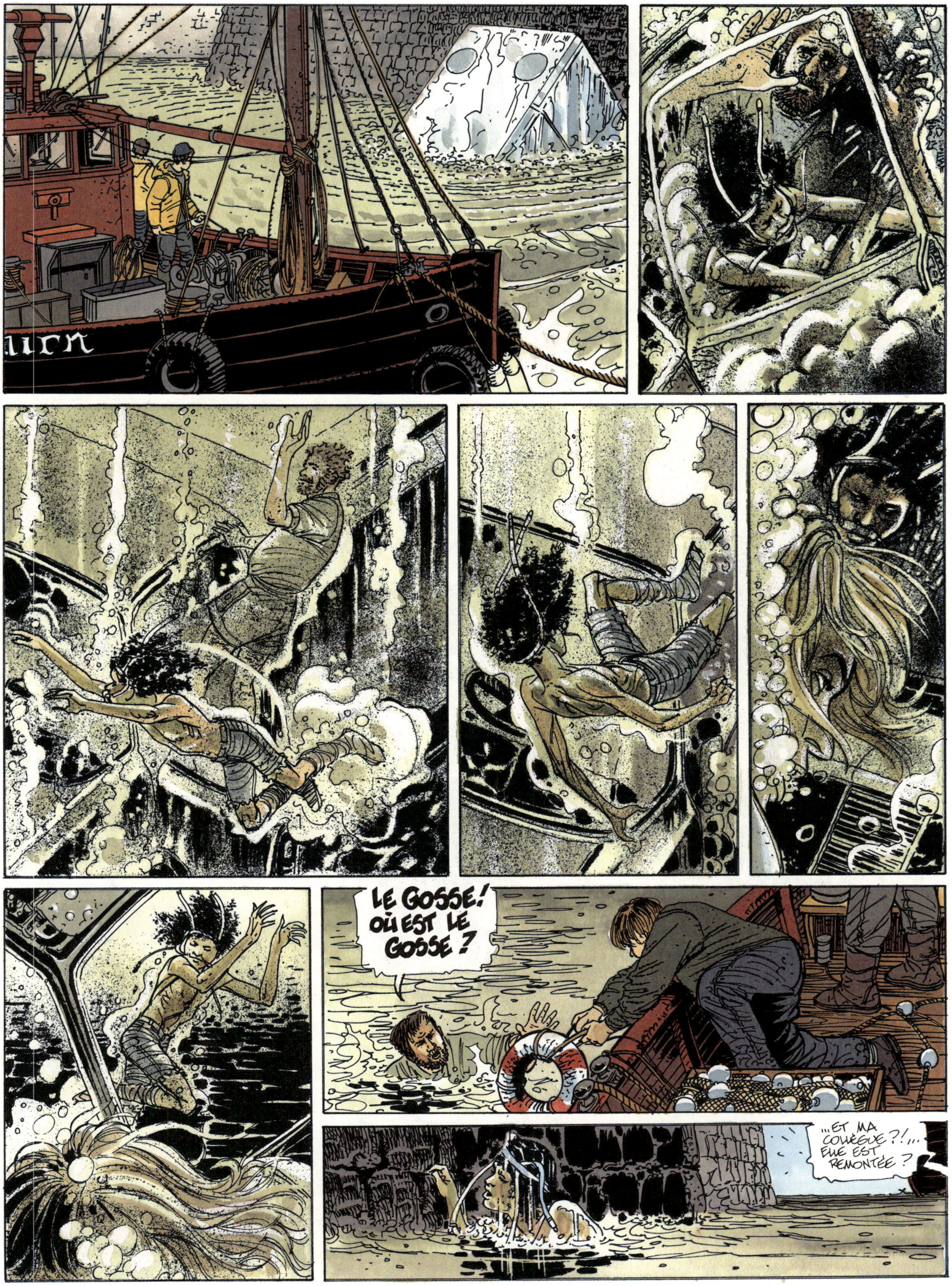
LE GOSSE ! OÙ EST LE GOSSE ?
...ET MA COLLÈGUE ?!... ELLE EST REMONTÉE ?

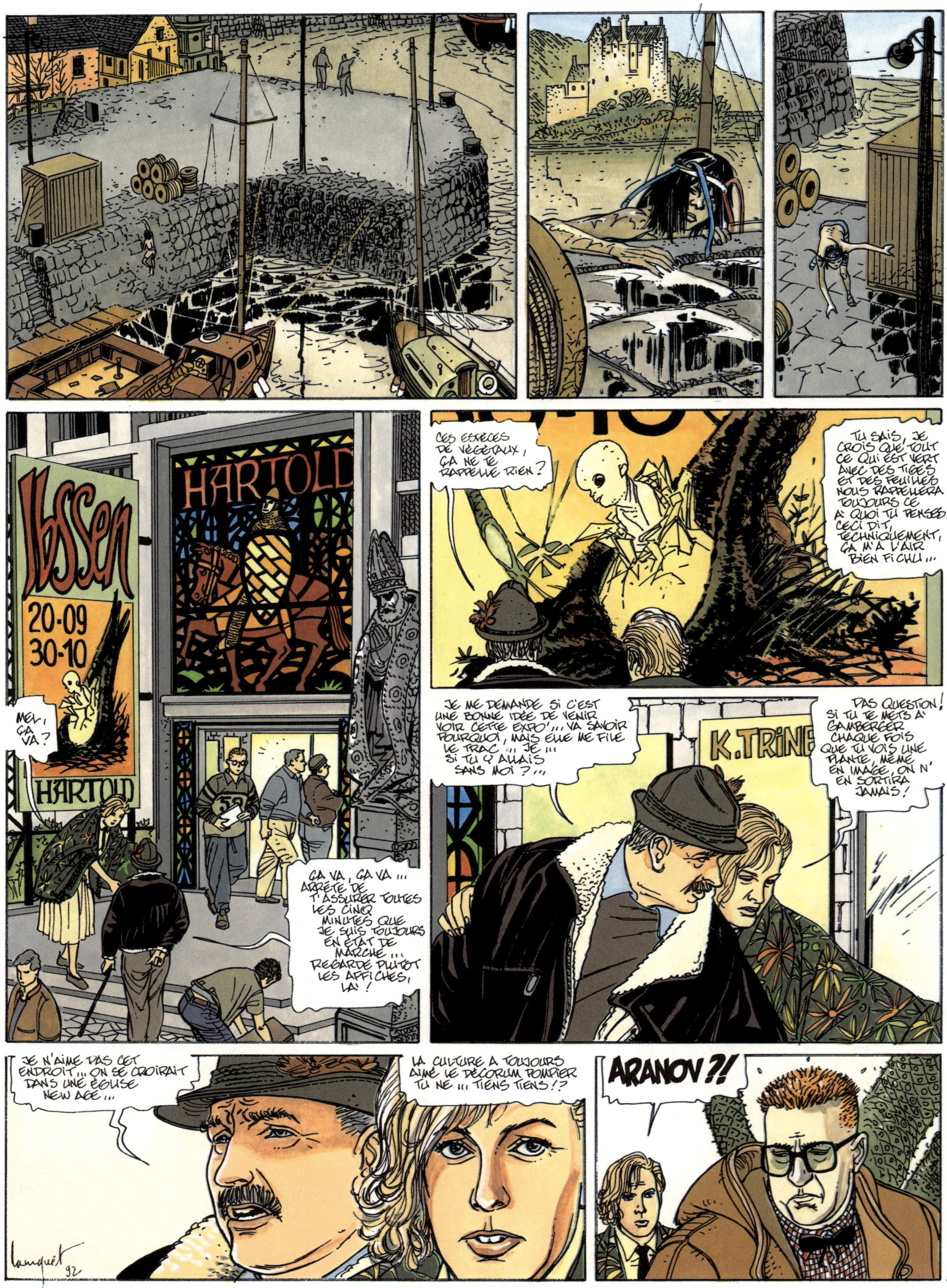
HARTOLD
Ibssen
20-09
30-10
HARTOLD
MEL, ÇA VA ?
ÇA VA, ÇA VA... ARRÊTE DE T'ASSURER TOUTES LES CINQ MINUTES QUE JE SUIS TOUJOURS EN ÉTAT DE MARCHE... REGARDE PLUTÔT LES AFFICHES, LÀ !
CES ESPÈCES DE VÉGÉTAUX, ÇA NE TE RAPPELLE RIEN ?
TU SAIS, JE CROIS QUE TOUT CE QUI EST VERT AVEC DES TIGES ET DES FEUILLES NOUS RAPPELLERA TOUJOURS CE À QUOI TU PENSES ! CECI DIT, TECHNIQUEMENT, ÇA M'A L'AIR BIEN FICHU...
JE ME DEMANDE SI C'EST UNE BONNE IDÉE DE VENIR VOIR CETTE EXPO'... VA SAVOIR POURQUOI, MAIS ELLE ME FILE LE TRAC... JE... SI TU Y ALLAIS SANS MOI ?...
K.TRINE
PAS QUESTION ! SI TU TE METS À GAMBERGER CHAQUE FOIS QUE TU VOIS UNE PLANTE, MÊME EN IMAGE, ON N'EN SORTIRA JAMAIS !
JE N'AIME PAS CET ENDROIT... ON SE CROIRAIT DANS UNE ÉGLISE NEW AGE...
LA CULTURE A TOUJOURS AIMÉ LE DÉCORUM POMPIER TU NE... TIENS TIENS !?
ARANOV ?!
Lamquet 92

ÇA ALORS ! JE TE CROYAIS EN GUYANE ! QUAND ES-TU REVENU ?
... EN ... EN DÉBUT DE SEMAINE ; JE NE SUPPORTE PAS LE CLIMAT ÉQUATORIAL. J'AI REPRIS MON POSTE À TOULOUSE-INSRO ...
BONJOUR MEL ! RAVI DE TE REVOIR SUR PIED ; TU AS UNE MINE SPLENDIDE.
RAVALE TON MIEL, ARANOV ! QU'EST-CE QUE TU FOUS ICI ? TU T'INTÉRESSES À L'ART, TOI, MAINTENANT ?
PAS PLUS QUE TOI, FAULKER ! MAIS L'ART DE CE MONSIEUR IBSSEN NE PEUT PAS NE PAS ATTIRER L'ATTENTION DE GENS COMME NOUS ! ... SI TU N'AS PAS ENCORE VISITÉ CETTE EXPO', PRÉPARE-TOI À UN CHOC.
LE CHOC, J'Y AI DÉJÀ EU DROIT, MON VIEUX ! ... TU SAIS QUE LE COEUR VÉGÉTAL A DISPARU ? ... ET LA STATION O.R.A.S. AUSSI ; JE N'AI PLUS AUCUN ESPOIR DE REVOIR UN JOUR MA FILLE ...
L'INSRO M'A PRÉVENU POUR LE COEUR ... TU SAIS CE QUE JE PENSE À PROPOS DE JULIE ; ELLE ÉTAIT DÉJÀ MORTE QUAND VOUS ÊTES ARRIVÉS SUR O.R.A.S.
... ARANOV, PUISQUE TU AS DÉJÀ REPÉRÉ LES LIEUX, SERS-NOUS DE GUIDE, TU VEUX ...
C'EST L'AFFICHE QUI M'A INTRIGUÉ ... VOUS AUSSI, JE SUPPOSE ... VOUS ALLEZ VOIR ! C'EST ÉTONNANT !
ET LE MOT EST FAIBLE !
10

Lamquet 92.
ÇA SECOUE, HEIN !? DES CRÉATURES VÉGÉTALES ET DES OEUFS... TOUT EST BASÉ SUR LE THÈME DE LA NAISSANCE...
JE NE VOUDRAIS PAS DE ÇA DANS MON SALON, MAIS IL FAUT RECONNAÎTRE QUE ÇA A DE L'ALLURE...
DIS DONC, ARANOV, CE "IBSSEN", CE NE SERAIT PAS TOI, PAR HASARD ?!
MEL, ALLONS !!!
11

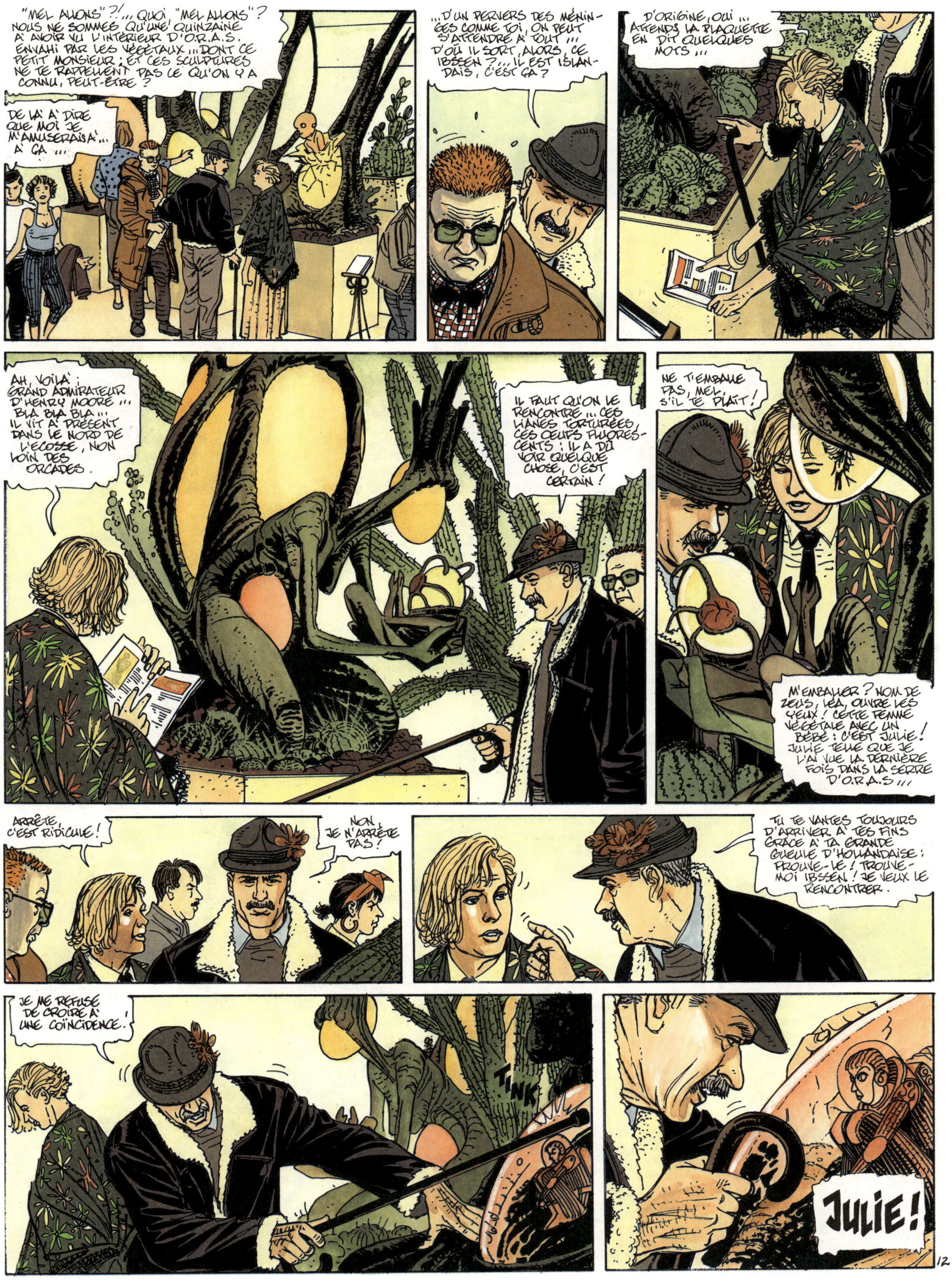
"MEL ALLONS" ?!... QUOI, "MEL ALLONS" ? NOUS NE SOMMES QU'UNE QUINZAINE À AVOIR VU L'INTÉRIEUR D'O.R.A.S. ENVAHI PAR LES VÉGÉTAUX... DONT CE PETIT MONSIEUR ; ET CES SCULPTURES NE TE RAPPELLENT PAS CE QU'ON Y A CONNU, PEUT-ÊTRE ?
DE LÀ À DIRE QUE MOI JE M'AMUSERAIS À... À ÇA...
...D'UN PERVERS DES MÉNINGES COMME TOI, ON PEUT S'ATTENDRE À TOUT... D'OÙ IL SORT, ALORS, CE IBSSEN ?... IL EST ISLANDAIS, C'EST ÇA ?
D'ORIGINE, OUI... ATTENDS, LA PLAQUETTE EN DIT QUELQUES MOTS...
AH, VOILÀ : GRAND ADMIRATEUR D'HENRY MOORE... BLA BLA BLA... IL VIT À PRÉSENT DANS LE NORD DE L'ECOSSE, NON LOIN DES ORCADES.
IL FAUT QU'ON LE RENCONTRE... CES LIANES TORTURÉES, CES OEUFS FLUORESCENTS : IL A DÛ VOIR QUELQUE CHOSE, C'EST CERTAIN !
NE T'EMBALLE PAS, MEL, S'IL TE PLAÎT !
M'EMBALLER ? NOM DE ZEUS, LÉA, OUVRE LES YEUX ! CETTE FEMME VÉGÉTALE AVEC UN BÉBÉ : C'EST JULIE ! JULIE TELLE QUE JE L'AI VUE LA DERNIÈRE FOIS DANS LA SERRE D'O.R.A.S...
ARRÊTE, C'EST RIDICULE !
NON, JE N'ARRÊTE PAS !
TU TE VANTES TOUJOURS D'ARRIVER À TES FINS GRÂCE À TA GRANDE GUEULE D'HOLLANDAISE : PROUVE-LE ! TROUVE-MOI IBSSEN ! JE VEUX LE RENCONTRER.
JE ME REFUSE DE CROIRE À UNE COÏNCIDENCE !
TINK
JULIE !
12

JULIE !... LÉA, VIENS VOIR : C'EST ELLE, JE SUIS SÛR QUE C'EST ELLE !
REGARDE !... LE SCAPHANDRE, LES CHEVEUX SUR LE FRONT... C'EST ELLE, NOM DE DIEU, C'EST TOUT À FAIT ELLE.
ARANOV ! TU AVAIS VU ÇA !? POURQUOI NE M'AS-TU RIEN DIT ?
DÉSOLÉ, JE N'AVAIS PAS REMARQUÉ CE DÉTAIL... C'EST VRAI QUE LA RESSEMBLANCE EST TROUBLANTE...
UN DÉTAIL ! IL PARLE D'UN DÉTAIL QUAND IL S'AGIT DE MA FILLE ! LÉA, IL FAUT QUE JE RENCONTRE CET ISLANDAIS !
MEL... TON COEUR !
JE TE DIS QUE JE VEUX VOIR CET IBSSEN ! JE SAVAIS QUE JULIE N'ÉTAIT PLUS DANS O.R.A.S. ! JE LE SENTAIS !
D'ACCORD, D'ACCORD... JE VAIS ME RENSEIGNER. MAIS CALME-TOI !...
13

AAM-ZA!?
AAM-ZA!...
GO-ZUN!
GO-ZUN!
14-

AAAM-ZAAA!
AAM-ZAA!
AM-ZA...
MARS...

* LANGLEY : CENTRE DE LA N.S.A. - SÉCURITÉ NATIONALE AMÉRICAINE.

ANTE PLANITIA - DÉSERT MARTIEN DE L'HÉMISPHÈRE NORD...
WOOO-OOOO
T...T-TRAIN...
17

TRAIN!...
KRAAK
AAAAA
FSHIIiiiii
COATL!
MULQUE CHOLIAN COATL...
MULQUE MULQUE COATL...
CHEZ MEL FAULKER, LE LENDEMAIN DE LA VISITE À L'EXPOSITION IBSEN.

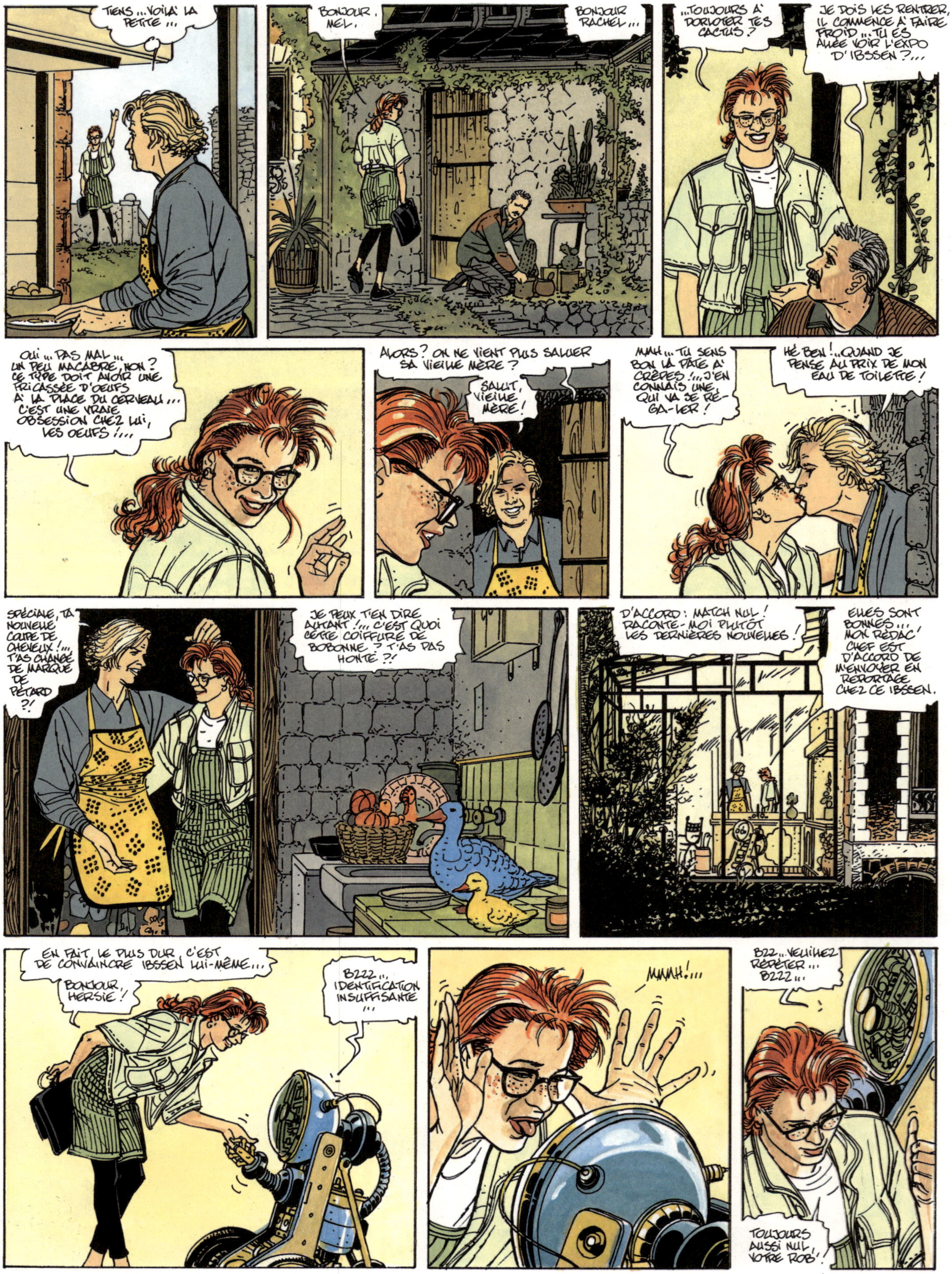
TIENS ... VOILÀ LA PETITE ...
BONJOUR, MEL.
BONJOUR RACHEL ...
... TOUJOURS À DORLOTER TES CACTUS ?
JE DOIS LES RENTRER, IL COMMENCE À FAIRE FROID ... TU ES ALLÉE VOIR L'EXPO D'IBSSEN ?...
OUI ... PAS MAL ... UN PEU MACABRE, NON ? CE TYPE DOIT AVOIR UNE FRICASSÉE D'OEUFS À LA PLACE DU CERVEAU ... C'EST UNE VRAIE OBSESSION CHEZ LUI, LES OEUFS !...
ALORS ? ON NE VIENT PLUS SALUER SA VIEILLE MÈRE ?
SALUT, VIEILLE MÈRE !
MMH ... TU SENS BON LA PÂTE À CRÊPES !... J'EN CONNAIS UNE QUI VA SE RÉ-GA-LER !
HÉ BEN !... QUAND JE PENSE AU PRIX DE MON EAU DE TOILETTE !
SPÉCIALE, TA NOUVELLE COUPE DE CHEVEUX !... T'AS CHANGÉ DE MARQUE DE PÉTARD ?!
JE PEUX T'EN DIRE AUTANT !... C'EST QUOI CETTE COIFFURE DE BOBONNE ? T'AS PAS HONTE ?!
D'ACCORD : MATCH NUL ! RACONTE-MOI PLUTÔT LES DERNIÈRES NOUVELLES !
ELLES SONT BONNES ... ! MON RÉDAC' CHEF EST D'ACCORD DE M'ENVOYER EN REPORTAGE CHEZ CE IBSSEN.
EN FAIT, LE PLUS DUR, C'EST DE CONVAINCRE IBSSEN LUI-MÊME ...
BONJOUR, HERSIE !
BZZZ ... IDENTIFICATION INSUFFISANTE ...
MMMH !...
BZZ ... VEUILLEZ RÉPÉTER ... BZZZ ...
TOUJOURS AUSSI NUL, VOTRE ROB' !

ENFIN, AUX DERNIÈRES NOUVELLES, NOUS SOMMES ATTENDUES FIN DE CETTE SEMAINE AU MANOIR ÉCOSSAIS DU MAÎTRE...
NOUS ?
OUI. MON PHOTOGRAPHE HABITUEL SE PAYE LA GRIPPE DU SIÈCLE : ALORS, JE T'ENGAGE. POUR LA BOTANISTE QUE TU ES, LA PHOTO N'A PLUS DE SECRET, PAS VRAI ?
SI TU LE DIS. MAIS TROUVE-MOI DES ARGUMENTS POUR EMPÊCHER MEL DE NOUS ACCOMPAGNER ! IL DOIT SE MÉNAGER AU MAXIMUM...
JE TROUVE QU'IL A FORT VIEILLI EN QUELQUES MOIS... ET JE NE COMPRENDS TOUJOURS PAS POURQUOI TU T'ES REMARIÉE AVEC CE RONCHON...
IL N'A PAS TOUJOURS ÉTÉ COMME ÇA, TU SAIS !
PEUT-ÊTRE ; MAIS IL EST COMME ÇA DEPUIS QUE VOUS VIVEZ ENSEMBLE ! PAS DE CHANCE !
IL A DES EXCUSES, CROIS-MOI.
TIENS ! HIER C'ÉTAIT L'ANNIVERSAIRE DE LA MORT DE PAPA... TU Y AS PENSÉ ?
DIS-TOI BIEN UNE CHOSE, MA FILLE : TON PAPA, J'Y PENSE CHAQUE JOUR QUE DIEU FAIT DEPUIS NEUF ANS. ALORS TOURNE TA LANGUE DE VIPÈRE PLUSIEURS FOIS DANS TA BOUCHE AVANT DE DIRE DES ÂNERIES !
BZZZ
BZZZ... MEL !... UN APPEL DE KEVIN BUISSON, TOULOUSE-INSRO.
JE... JE PRENDS L'APPEL, HERSIE... SUR LE MONITEUR...
JE SUIS LÀ, BUISSON. J'ÉCOUTE.
AH ! MONSIEUR FAULKER ; LE DOCTEUR ARANOV N'EST PAS CHEZ VOUS ?

ARANOV ?... NON, POURQUOI ?
...IL N'A PAS ASSURÉ SON TOUR DE VEILLE DE CETTE NUIT... ET IL N'EST PAS CHEZ LUI !
J'AI À CÔTÉ DE MOI DES PERSONNES QUI SONT VENUES DU MEXIQUE À SON INVITATION... PAS TRÈS COURTOIS DE SA PART DE LEUR FAIRE AINSI FAUX BOND...
CES PERSONNES DU MEXIQUE, ENVOYEZ-LES MOI AVEC UNE NAVETTE DE L'INSRO... POUR CE QUI EST DE L'AMI ARANOV ...
... JE VAIS ESSAYER DE SAVOIR OÙ IL TRAÎNE...
VOUS DÉSIREZ UNE BOISSON, MONSIEUR ? CAFÉ, ALCOOL ?
RIEN DU TOUT, MERCI ! NOUS SOMMES ENCORE LOIN D'ÉDIMBOURG ?
VINGT MINUTES DE VOL, MONSIEUR !
BIEN... BIEN, BIEN, BIEN...
HE-7

7
WICK
EDIMBURG
FSSCHIIIII
AAAAAAH
AAAAI
EMERGENCY
STOP
WHO-WI
TK

S-SS-SIT DOWN!
COATL!
AAH!
PSCHI!
D'OÙ IL SORT, CE GOSSE?
J'AI... J'AI ÉTÉ PIQUÉ!...
TK 9
JE L'AI VU MONTER À L'ARRÊT DE WICK! IL... IL SENT MAUVAIS...
LA VESTE, IL A DÛ LA PIQUER À UN AGENT D'ENTRETIEN! IL EST TOUT NU EN-DESSOUS!
HÉ! MON VOISIN EST EN TRAIN D'ÉTOUFFER!

AAM-ZA COATL !
AAM-ZA !
MARS.
ANTE PLANITIA ...
KITT PEAK - ARIZONA -
TIENS, TIENS ... NOUS AVONS UNE VISITEUSE, ET UNE BELLE !
BRUNE OU BLONDE ?
... SI C'EST UNE BLONDE, J'ESPÈRE QUE C'EST UNE FAUSSE ... JE N'AIME QUE LES FAUSSES.
QUESTION DE GOÛT ...

1400 MÈTRES DE TOUR DE TAILLE... ÇA TE DIT TOUJOURS ? REGARDE !
JE VOIS UN CLICHÉ DES TACHES SOLAIRES
EXACT... PRIS VOICI DIX MOIS DANS LA RÉGION ÉQUATORIALE... VISE LA TACHE EN HAUT, À DROITE...
SI JE SUPERPOSE LES CLICHÉS PRIS LES JOURS SUIVANTS VOILÀ CE QUE ÇA DONNE...
NOTRE VISITEUSE ?
OUI... UNE BELLE GROSSE MÉTÉORITE QU'ON A BIEN FAILLI SE PRENDRE DE PLEIN FOUET ! TELLE QU'ON LA VOIT LÀ, ELLE PASSE À MOINS DE DEUX CENT MILLES KILOMÈTRES...
SEIGNEUR ! OÙ EST-ELLE MAINTENANT ?
NOUS NE SOMMES PLUS ÉQUIPÉS POUR SUIVRE UN ASTÉROÏDE... LES FRANÇAIS LE SONT, À TOULOUSE-INSRO : JE VAIS LEUR ENVOYER TOUS LES PARAMÈTRES.
EDIMBOURG.
AIRSHIP
2
- LÉA, JE SAIS OÙ SE TROUVE ARANOV... TU NE DEVINERAS JAMAIS.
- JE DONNE MA LANGUE AU CHAT...
CE CHER FAUX-CUL EST EN ÉCOSSE.
EN ÉCOSSE ?! MAIS QU'EST-CE QU'IL EST ALLÉ FICHE EN ÉCOSSE ?
À TON AVIS ?... HIER SOIR, IL A RÉSERVÉ UNE PLACE SUR UNE NAVETTE TRANS-MANCHE POUR EDIMBOURG... TU VEUX QUE JE TE DISE : IL SERA CHEZ IBSSEN AVANT NOUS !
QUEL INTÉRÊT DE JOUER À CACHE-CACHE ? IL EST IDIOT !
26

IL EST QUI ET QUOI, CET ARANOV ?
IL ÉTAIT LE RESPONSABLE DU PROGRAMME SCIENTIFIQUE DE LA STATION O.R.A.S À L'ÉPOQUE OÙ MA FILLE JULIE Y TRAVAILLAIT...
ARANOV EST UN PERSONNAGE TRÈS AMBIGU : JE NE L'AIME PAS, J'AI TOUJOURS EU LE SENTIMENT QU'IL AVAIT SUIVI L'INVASION VÉGÉTALE D'O.R.A.S AVEC UNE CERTAINE ...DÉLECTATION...
MAIS POURQUOI CET EMPRESSEMENT À FILER EN ÉCOSSE ?
POUR LE SAVOIR UNE SEULE SOLUTION : Y ALLER, VOUS AUSSI ... DARE-DARE...
VOUS ?
OUI, VOUS ; MOI JE RESTE POUR ACCUEILLIR LES INVITÉS MEXICAINS D'ARANOV... MON PETIT DOIGT ME DIT QUE CE SERA TRÈS INSTRUCTIF...
...ET PUIS JE M'EN VOUDRAIS D'IMPOSER UN VIEUX RONCHON DE MON ESPÈCE À MA CHÈRE BELLE-FILLE !
24 HEURES PLUS TARD, DANS LE NORD DE L'ÉCOSSE.
IBSEEN..

L'IMBÉCILE... IL EST ALLÉ DANS LES CALES DU "TREMBLEY"... S'IL A TOUCHÉ À L'ENFANT, JE LE TUE!
LE POLLEN D'ECOSSE NE ME VAUT RIEN...
PSCHHIIT.
TOUT CE GASPILLAGE!...

...PAS EU LE TEMPS DE VOIR LA TÊTE DU CONDUCTEUR... SI ÇA POUVAIT ÊTRE IBSSEN ...
HO! IL Y A QUELQU'UN?
20-09
30-10
TOI, MON PETIT VIEUX, TU VAS AVOIR DES CHOSES À ME RACONTER ...

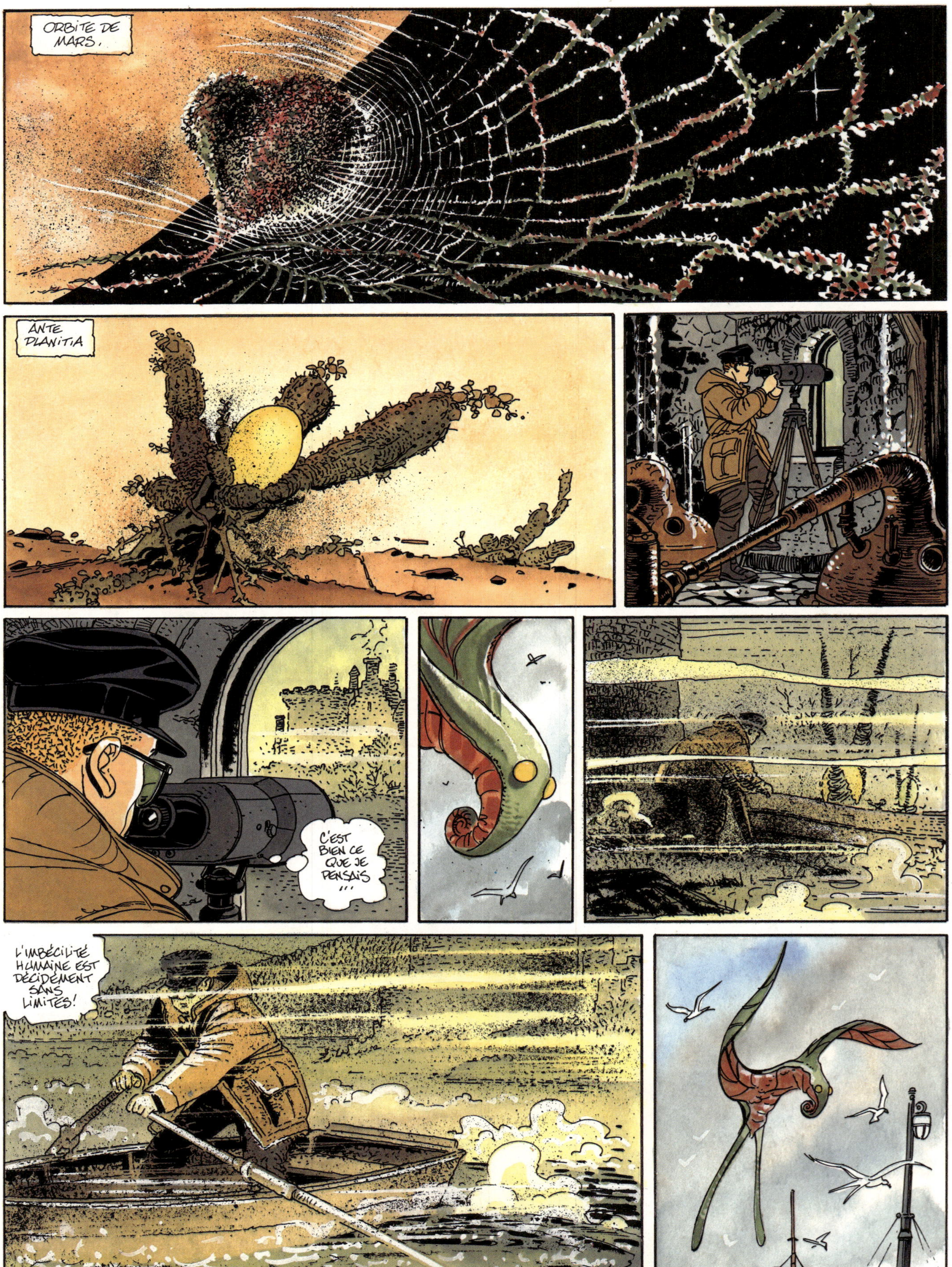
ORBITE DE MARS.
ANTE PLANITIA
C'EST BIEN CE QUE JE PENSAIS...
L'IMBÉCILITÉ HUMAINE EST DÉCIDÉMENT SANS LIMITES!

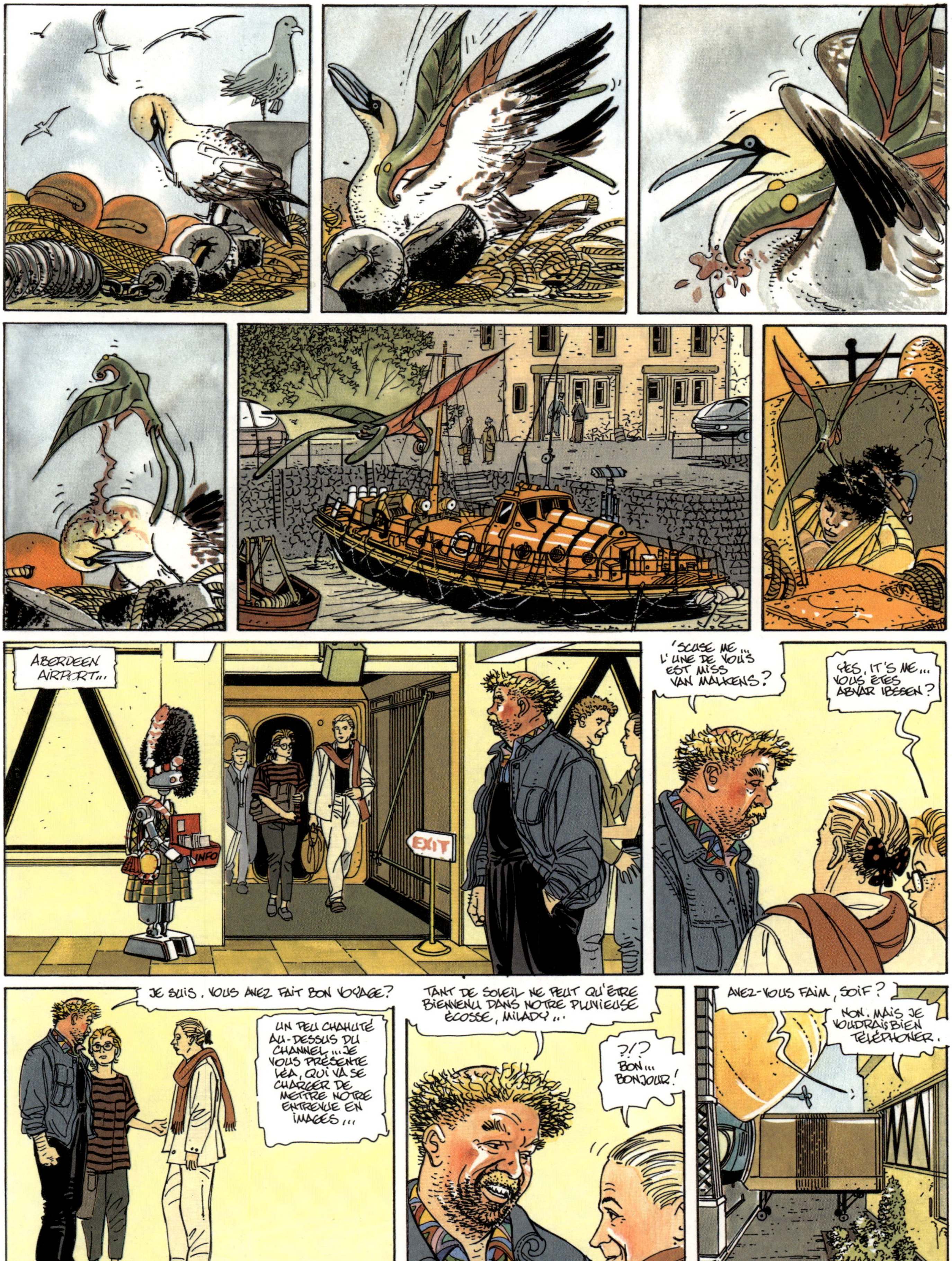
ABERDEEN AIRPORT...
INFO
EXIT
'SCUSE ME... L'UNE DE VOUS EST MISS VAN MALKENS ?
YES, IT'S ME... VOUS ÊTES ABVAR IBSEN ?
JE SUIS. VOUS AVEZ FAIT BON VOYAGE ?
UN PEU CHAHUTÉ AU-DESSUS DU CHANNEL... JE VOUS PRÉSENTE LÉA, QUI VA SE CHARGER DE METTRE NOTRE ENTREVUE EN IMAGES...
TANT DE SOLEIL NE PEUT QU'ÊTRE BIENVENU DANS NOTRE PLUVIEUSE ÉCOSSE, MILADY...
?!? BON... BONJOUR !
AVEZ-VOUS FAIM, SOIF ?
NON. MAIS JE VOUDRAIS BIEN TÉLÉPHONER.

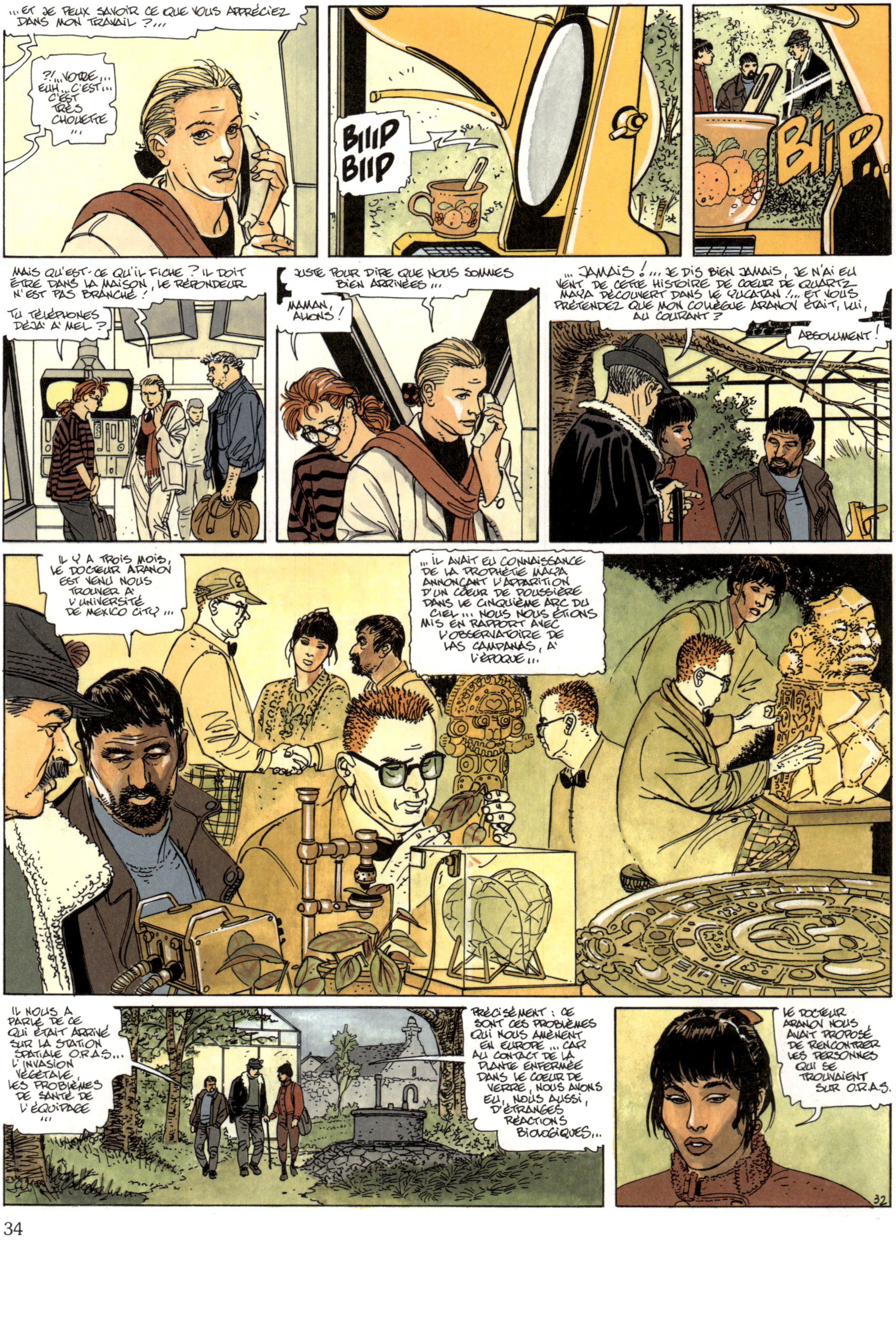
...ET JE PEUX SAVOIR CE QUE VOUS APPRÉCIEZ DANS MON TRAVAIL ?...
?!...VOTRE... EUH...C'EST... C'EST TRÈS CHOUETTE ...
BIIIP BIIIP
BIIP...
MAIS QU'EST-CE QU'IL FICHE ? IL DOIT ÊTRE DANS LA MAISON, LE RÉPONDEUR N'EST PAS BRANCHÉ !
TU TÉLÉPHONES DÉJÀ À MEL ?
JUSTE POUR DIRE QUE NOUS SOMMES BIEN ARRIVÉES ...
MAMAN, ALLONS !
... JAMAIS ! ... JE DIS BIEN JAMAIS, JE N'AI EU VENT DE CETTE HISTOIRE DE COEUR DE QUARTZ MAYA DÉCOUVERT DANS LE YUCATAN ! ... ET VOUS PRÉTENDEZ QUE MON COLLÈGUE ARANOV ÉTAIT, LUI, AU COURANT ?
ABSOLUMENT !
IL Y A TROIS MOIS, LE DOCTEUR ARANOV EST VENU NOUS TROUVER À L'UNIVERSITÉ DE MEXICO CITY ...
... IL AVAIT EU CONNAISSANCE DE LA PROPHÉTIE MAYA ANNONÇANT L'APPARITION D'UN COEUR DE POUSSIÈRE DANS LE CINQUIÈME ARC DU CIEL ... NOUS NOUS ÉTIONS MIS EN RAPPORT AVEC L'OBSERVATOIRE DE LAS CAMPANAS, À L'ÉPOQUE ...
IL NOUS A PARLÉ DE CE QUI ÉTAIT ARRIVÉ SUR LA STATION SPATIALE O.R.A.S. ... L'INVASION VÉGÉTALE, LES PROBLÈMES DE SANTÉ DE L'ÉQUIPAGE ...
PRÉCISÉMENT : CE SONT CES PROBLÈMES QUI NOUS AMÈNENT EN EUROPE ... CAR AU CONTACT DE LA PLANTE ENFERMÉE DANS LE COEUR DE VERRE, NOUS AVONS EU, NOUS AUSSI, D'ÉTRANGES RÉACTIONS BIOLOGIQUES ...
LE DOCTEUR ARANOV NOUS AVAIT PROPOSÉ DE RENCONTRER LES PERSONNES QUI SE TROUVAIENT SUR O.R.A.S.
32

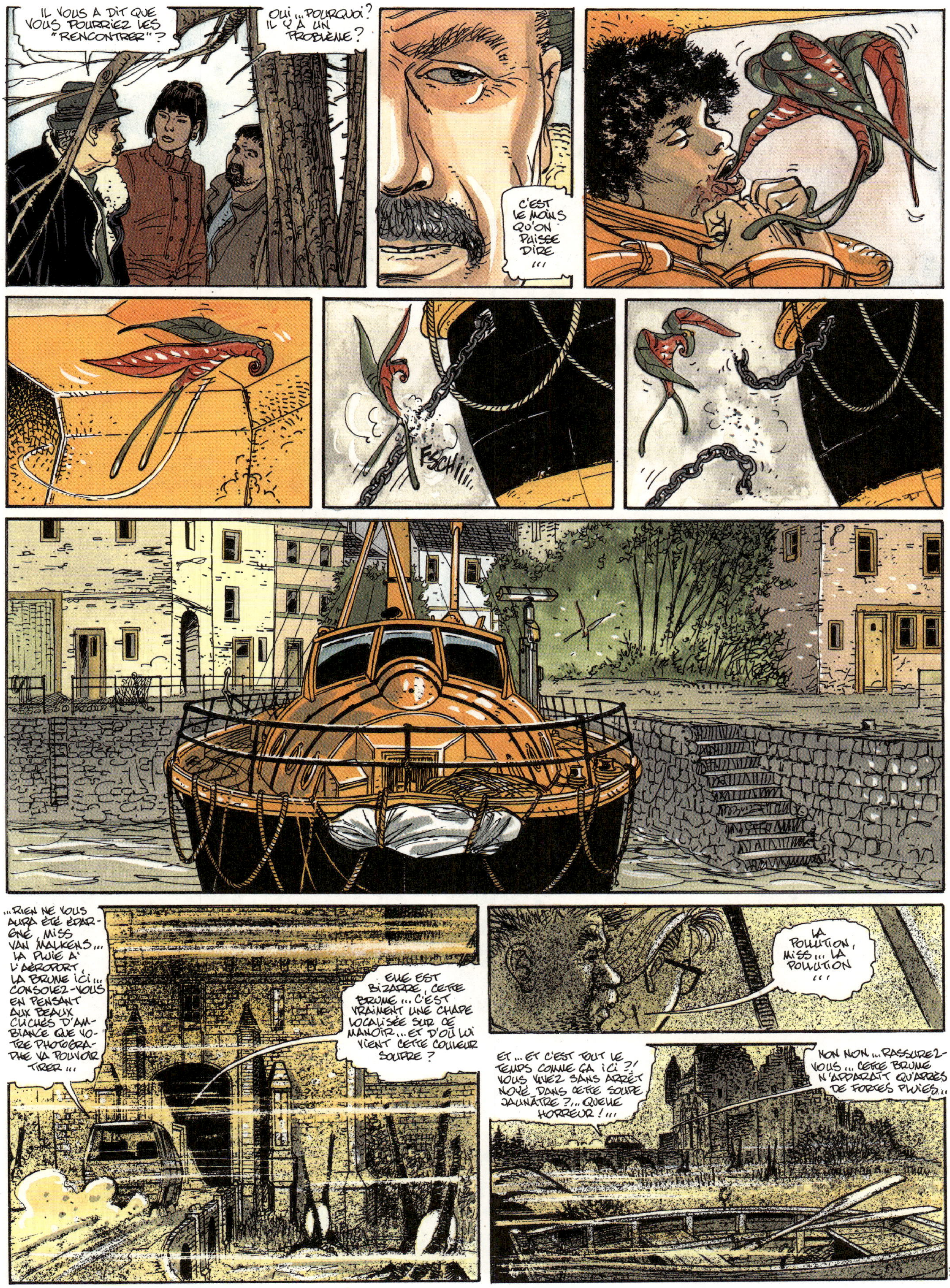
IL VOUS A DIT QUE VOUS POURRIEZ LES "RENCONTRER" ?
OUI ... POURQUOI ? IL Y A UN PROBLÈME ?
C'EST LE MOINS QU'ON PUISSE DIRE ...
FSCH !!
...RIEN NE VOUS AURA ÉTÉ ÉPARGNÉ, MISS VAN MALKENS... LA PLUIE À L'AÉROPORT, LA BRUME ICI... CONSOLEZ-VOUS EN PENSANT AUX BEAUX CLICHÉS D'AMBIANCE QUE VOTRE PHOTOGRAPHE VA POUVOIR TIRER...
ELLE EST BIZARRE, CETTE BRUME ... C'EST VRAIMENT UNE CHAPE LOCALISÉE SUR CE MANOIR ... ET D'OÙ LUI VIENT CETTE COULEUR SOUFRE ?
LA POLLUTION, MISS ... LA POLLUTION ...
ET ... ET C'EST TOUT LE TEMPS COMME ÇA ICI ?! VOUS VIVEZ SANS ARRÊT NOYÉ DANS CETTE SOUPE JAUNÂTRE ?... QUELLE HORREUR ! ...
NON NON ... RASSUREZ-VOUS ... CETTE BRUME N'APPARAÎT QU'APRÈS DE FORTES PLUIES...
33

POUR ME FAIRE PARDONNER CE FICHU CLIMAT ÉCOSSAIS, JE VOUS OFFRE L'EXCLUSIVITÉ DES PREMIÈRES PIÈCES DE MA FUTURE EXPOSITION... ELLE S'APPELLERA "LES BORÉALES"... VOUS ALLEZ ME DIRE CE QUE VOUS EN PENSEZ...
ON SENT UNE ÉVOLUTION... LES "OEUFS" NE FONT PLUS PARTIE DU CORPS DES PERSONNAGES... ILS SONT EN-DEHORS, COMME EXPULSÉS... LES ATTITUDES SONT PLUS SENSUELLES, AUSSI... MOINS "MATERNELLES"... VOS FEMMES PERDENT ENFIN CE LOOK "GROSSES PONDEUSES"
?!... LA STATION O.R.A.S!
MONSIEUR IBSSEN... CE PETIT CHÂTEAU, LÀ-BAS, IL FAIT PARTIE DE VOTRE DOMAINE ?
OUI, C'EST MA TOUR D'IVOIRE, MA CAVERNE D'ALCHIMISTE... C'EST LÀ QUE JE FABRIQUE MES MATÉRIAUX... CE QUI EXPLIQUE LE FOUR SOLAIRE DONT ON DEVINE LE FOYER, À DROITE...
LA BARQUE ?!?
GENESIS

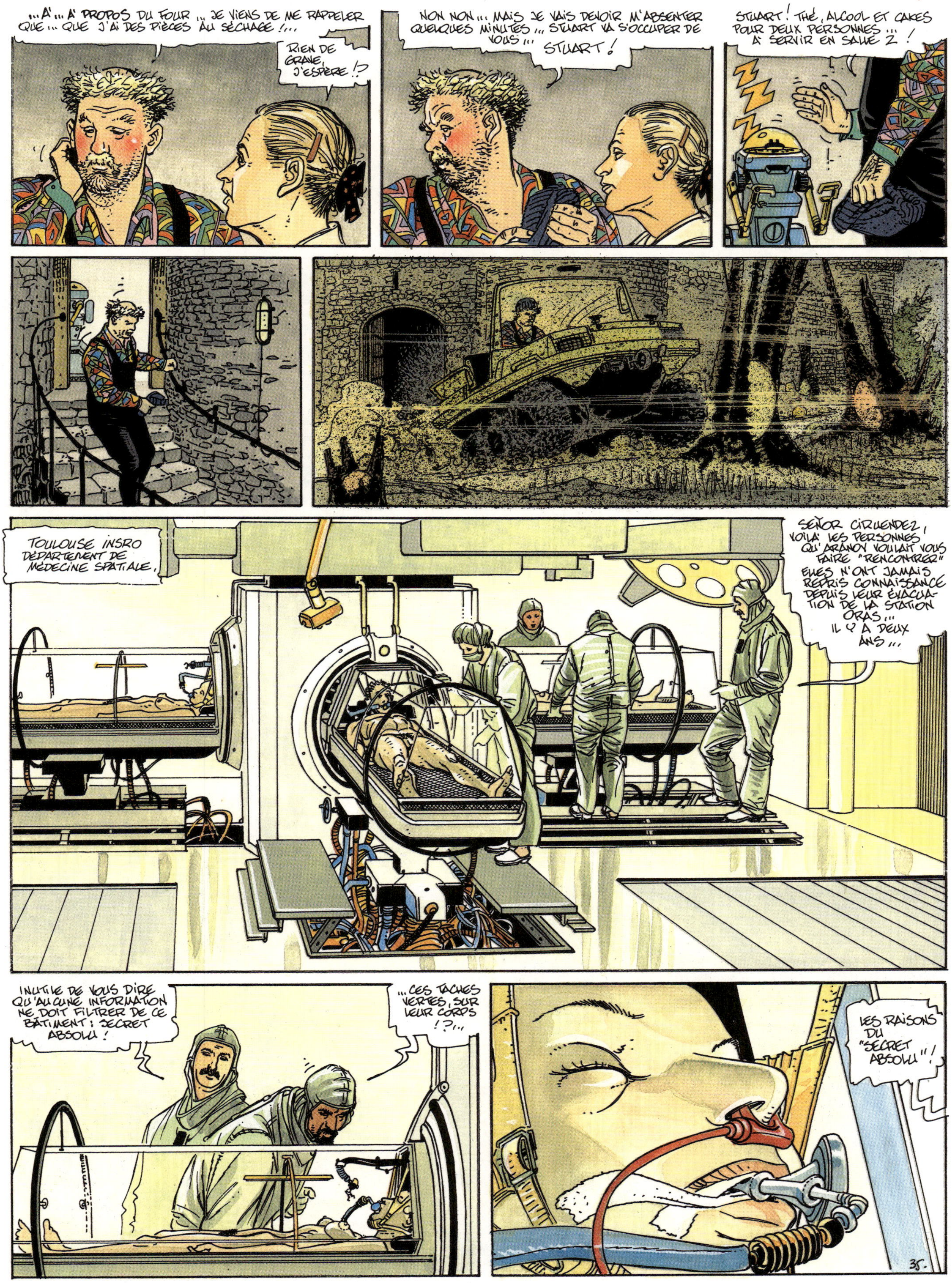

...À'... À PROPOS DU FOUR ... JE VIENS DE ME RAPPELER QUE ... QUE J'AI DES PIÈCES AU SÉCHAGE !...
RIEN DE GRAVE, J'ESPÈRE !?
NON NON ... MAIS JE VAIS DEVOIR M'ABSENTER QUELQUES MINUTES ... STUART VA S'OCCUPER DE VOUS ...
STUART !
STUART ! THÉ, ALCOOL ET CAKES POUR DEUX PERSONNES ... À SERVIR EN SALLE 2 !
TOULOUSE INSRO DÉPARTEMENT DE MÉDECINE SPATIALE.
SEÑOR CIRUENDEZ, VOILÀ LES PERSONNES QU'ARANOV VOULAIT VOUS FAIRE "RENCONTRER" ELLES N'ONT JAMAIS REPRIS CONNAISSANCE DEPUIS LEUR ÉVACUATION DE LA STATION ORAS ... IL Y A DEUX ANS ...
INUTILE DE VOUS DIRE QU'AUCUNE INFORMATION NE DOIT FILTRER DE CE BÂTIMENT : SECRET ABSOLU !
... CES TACHES VERTES, SUR LEUR CORPS !?...
LES RAISONS DU "SECRET ABSOLU" !
35.

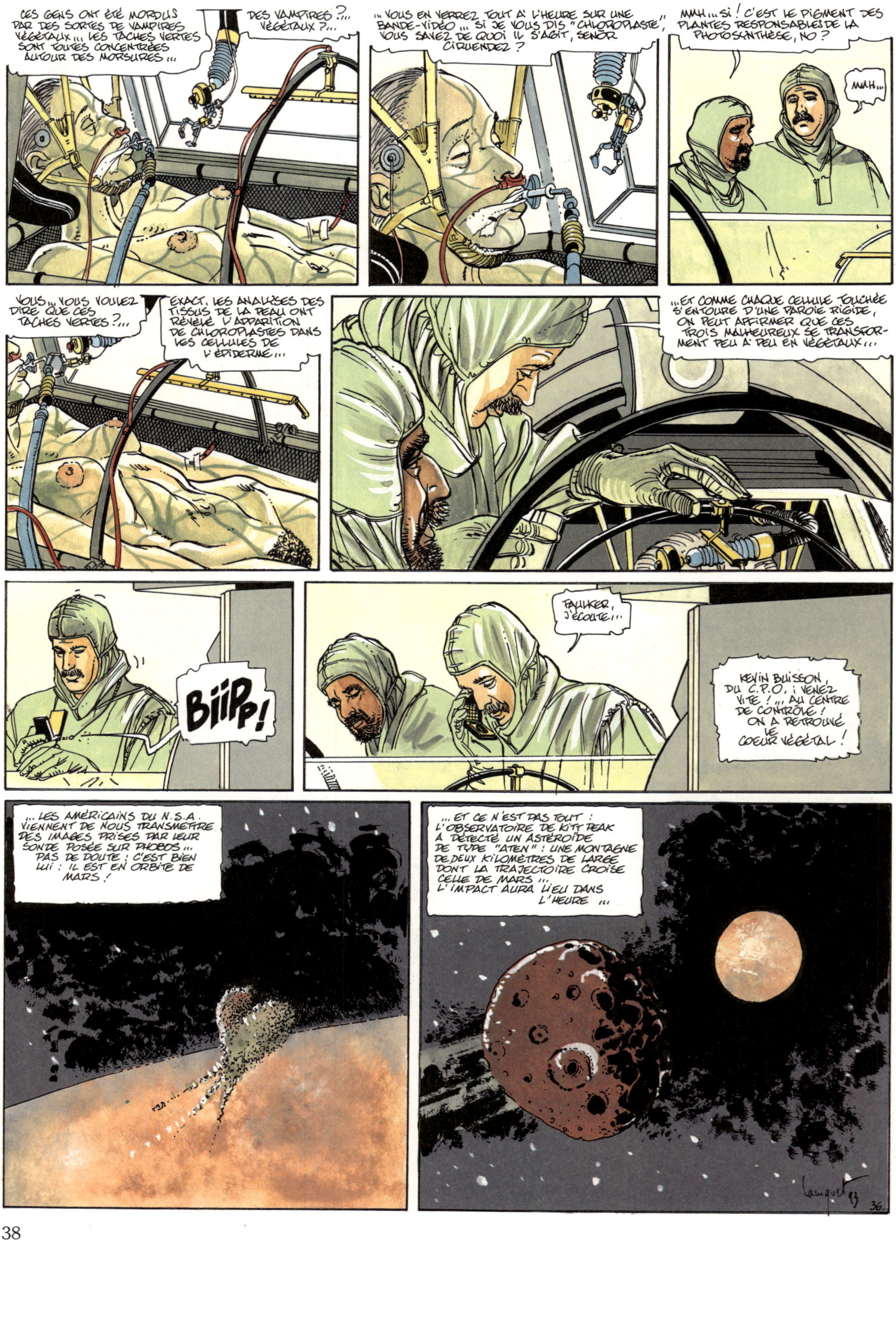
CES GENS ONT ÉTÉ MORDUS PAR DES SORTES DE VAMPIRES VÉGÉTAUX... LES TACHES VERTES SONT TOUTES CONCENTRÉES AUTOUR DES MORSURES...
DES VAMPIRES ?... VÉGÉTAUX ?...
...VOUS EN VERREZ TOUT À L'HEURE SUR UNE BANDE-VIDÉO... SI JE VOUS DIS "CHLOROPLASTE", VOUS SAVEZ DE QUOI IL S'AGIT, SEÑOR CIRUENDEZ ?
MMH... SI ! C'EST LE PIGMENT DES PLANTES RESPONSABLES DE LA PHOTOSYNTHÈSE, NO ?
MMH...
VOUS... VOUS VOULEZ DIRE QUE CES TACHES VERTES ?...
EXACT. LES ANALYSES DES TISSUS DE LA PEAU ONT RÉVÉLÉ L'APPARITION DE CHLOROPLASTES DANS LES CELLULES DE L'ÉPIDERME...
...ET COMME CHAQUE CELLULE TOUCHÉE S'ENTOURE D'UNE PAROIE RIGIDE, ON PEUT AFFIRMER QUE CES TROIS MALHEUREUX SE TRANSFORMENT PEU À PEU EN VÉGÉTAUX...
BIIPP !
FAULKER, J'ÉCOUTE...
KEVIN BUISSON, DU C.P.O. ¡ VENEZ VITE !... AU CENTRE DE CONTRÔLE ! ON A RETROUVÉ LE COEUR VÉGÉTAL !
...LES AMÉRICAINS DU N.S.A. VIENNENT DE NOUS TRANSMETTRE DES IMAGES PRISES PAR LEUR SONDE POSÉE SUR PHOBOS... PAS DE DOUTE : C'EST BIEN LUI : IL EST EN ORBITE DE MARS !
...ET CE N'EST PAS TOUT : L'OBSERVATOIRE DE KITT PEAK A DÉTECTÉ UN ASTÉROÏDE DE TYPE "ATEN" : UNE MONTAGNE DE DEUX KILOMÈTRES DE LARGE DONT LA TRAJECTOIRE CROISE CELLE DE MARS... L'IMPACT AURA LIEU DANS L'HEURE...
36.

VENEZ ! JE SUIS CURIEUX DE SAVOIR SI VOTRE PROPHÉTIE MAYA PARLE AUSSI DE TOUT CE QUI EST ARRIVÉ ...
QU'EST-CE QU'IL FAIT ?
IL VIENT DE DÉBARQUER SUR L'ÎLOT... ET CROIS-MOI, IL A LE FEU AU CUL !
JULIE !..
QU'AS-TU FAIT, ABVAR ?... QU'AS-TU FAIT ?...

J'AVAIS CONFIANCE EN TOI... NOUS AVIONS PASSÉ UN MARCHÉ PAR LEQUEL TU T'ENGAGEAIS À TROIS CHOSES: PRIMO, NE JAMAIS PARLER DE L'ENDROIT OÙ LE PORTE-CONTAINERS "TREMBLEY" S'ÉTAIT ÉCHOUÉ...
... DE NE JAMAIS ESSAYER DE M'INTRODUIRE DANS L'ÉPAVE ET D'EMPÊCHER QUICONQUE D'EN FAIRE AUTANT... JE SAIS !
ALORS POURQUOI L'AS-TU FAIT ?!
PARCE QUE TU M'AS MENTI, ARANOV ! TU M'AS BIEN PRÉTENDU QUE L'ÉCHOUAGE DU "TREMBLEY" DANS UN FJORD DES ORCADES FAISAIT PARTIE D'UNE VASTE ESCROQUERIE À L'ASSURANCE, VRAI OU PAS VRAI ?
TU AS EMPOCHÉ TA PART DU GÂTEAU, NON ?
ET COMMENT QUE JE L'AI EMPOCHÉE ! UN TEL PAQUET DE FRIC UNIQUEMENT POUR JOUER LE GARDE-ÉPAVE PENDANT QUELQUES MOIS, QUI AURAIT REFUSÉ ? MAIS LÀ OÙ J'AI COMMENCÉ À ME POSER DES QUESTIONS, C'EST QUAND J'AI VU LA VÉGÉTATION RECOUVRIR ENTIÈREMENT LE "TREMBLEY"... EN MOINS DE QUARANTE-HUIT HEURES... ENTIÈREMENT !
L'ENFANT... QU'AS-TU FAIT DE L'ENFANT ?
TU PARLES DE CETTE MALHEUREUSE CRÉATURE QUI A VIEILLI DE PLUS DE DIX ANS EN QUELQUES MOIS ? ELLE S'EST ÉCHAPPÉE D'ICI, ET JE LE REGRETTE
MAIS OÙ QU'IL SOIT, IL EST SÛREMENT PLUS HEUREUX QUE DANS LES CALES DU "TREMBLEY" !
TU... TU AS TOUT FAIT RATER, IBSSEN...
QU'EST-CE QUE J'AI FAIT RATER ? UNE SORCELLERIE GÉNÉTIQUE OÙ L'ANIMAL COPULE AVEC LE VÉGÉTAL ? TOI ET TES COMMANDITAIRES, VOUS UTILISEZ LE "TREMBLEY" POUR Y EXPÉRIMENTER DES HORREURS CONTRE-NATURE, C'EST ÇA ?
"LE TREMBLEY" ÉTAIT LE COCON D'UNE NOUVELLE FORME DE VIE ET TU NE LUI AS PAS LAISSÉ LE TEMPS D'ÉCLORE...
UNE JEUNE FEMME FANÉE ET UN GOSSE QUI VIEILLIT À VUE D'OEIL, C'EST ÇA, TA NOUVELLE FORME DE VIE ?
L'ARGENT NE TE SUFFISAIT PAS... IL A FALLU QUE TU UTILISES LE TALENT DE CETTE FEMME POUR TE FAIRE UNE RENOMMÉE D'ARTISTE... QUEL GÂCHIS !

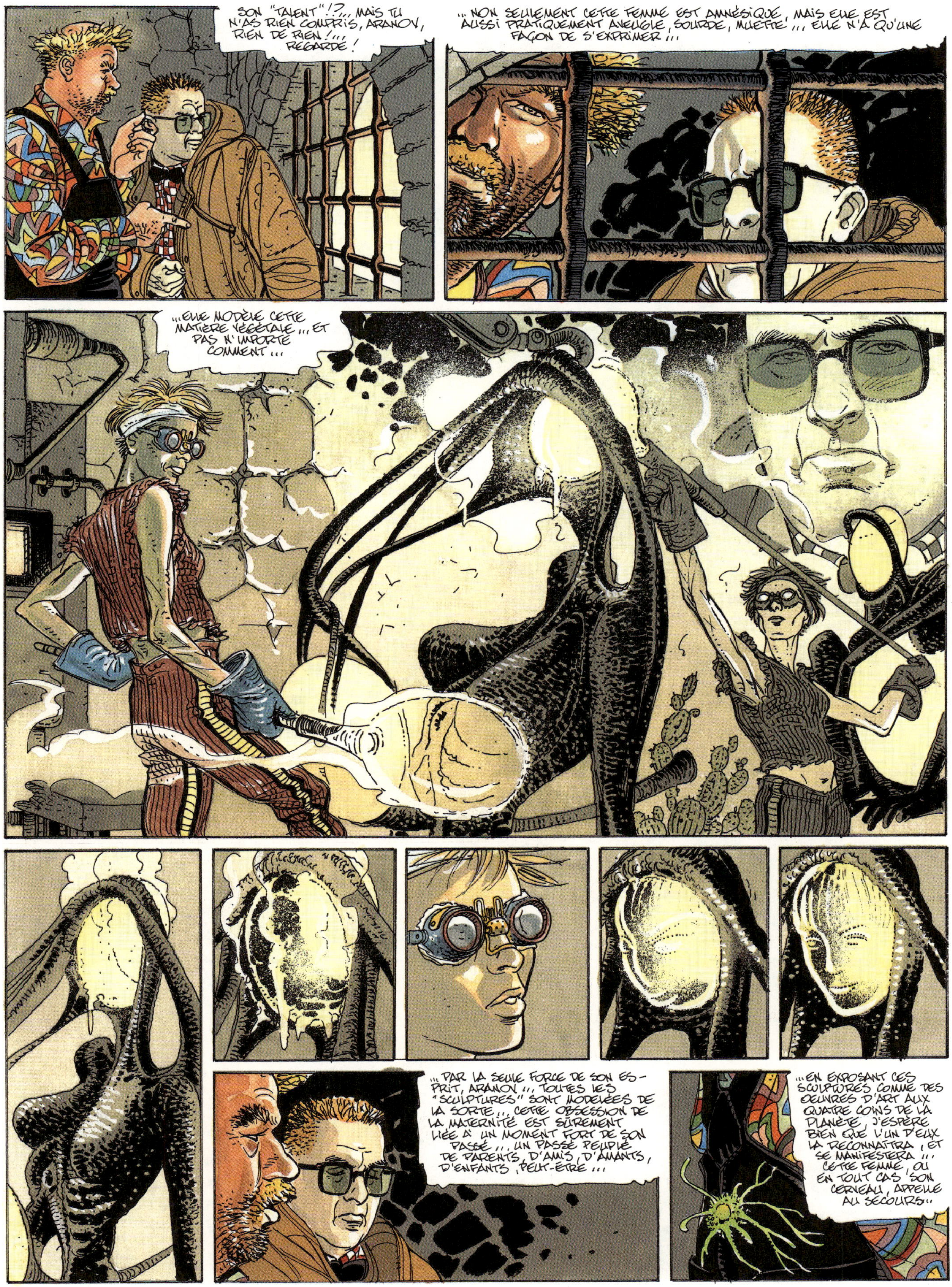
SON "TALENT" !?... MAIS TU N'AS RIEN COMPRIS, ARANOV, RIEN DE RIEN !... REGARDE !
... NON SEULEMENT CETTE FEMME EST AMNÉSIQUE, MAIS ELLE EST AUSSI PRATIQUEMENT AVEUGLE, SOURDE, MUETTE ... ELLE N'A QU'UNE FAÇON DE S'EXPRIMER ...
... ELLE MODÈLE CETTE MATIÈRE VÉGÉTALE ... ET PAS N'IMPORTE COMMENT ...
... PAR LA SEULE FORCE DE SON ESPRIT, ARANOV ... TOUTES LES "SCULPTURES" SONT MODELÉES DE LA SORTE ... CETTE OBSESSION DE LA MATERNITÉ EST SÛREMENT LIÉE À UN MOMENT FORT DE SON PASSÉ ... UN PASSÉ PEUPLÉ DE PARENTS, D'AMIS, D'AMANTS, D'ENFANTS, PEUT-ÊTRE ...
... EN EXPOSANT CES SCULPTURES COMME DES OEUVRES D'ART AUX QUATRE COINS DE LA PLANÈTE, J'ESPÈRE BIEN QUE L'UN D'EUX LA RECONNAÎTRA, ET SE MANIFESTERA ... CETTE FEMME, OU EN TOUT CAS SON CERVEAU, APPELLE AU SECOURS ...

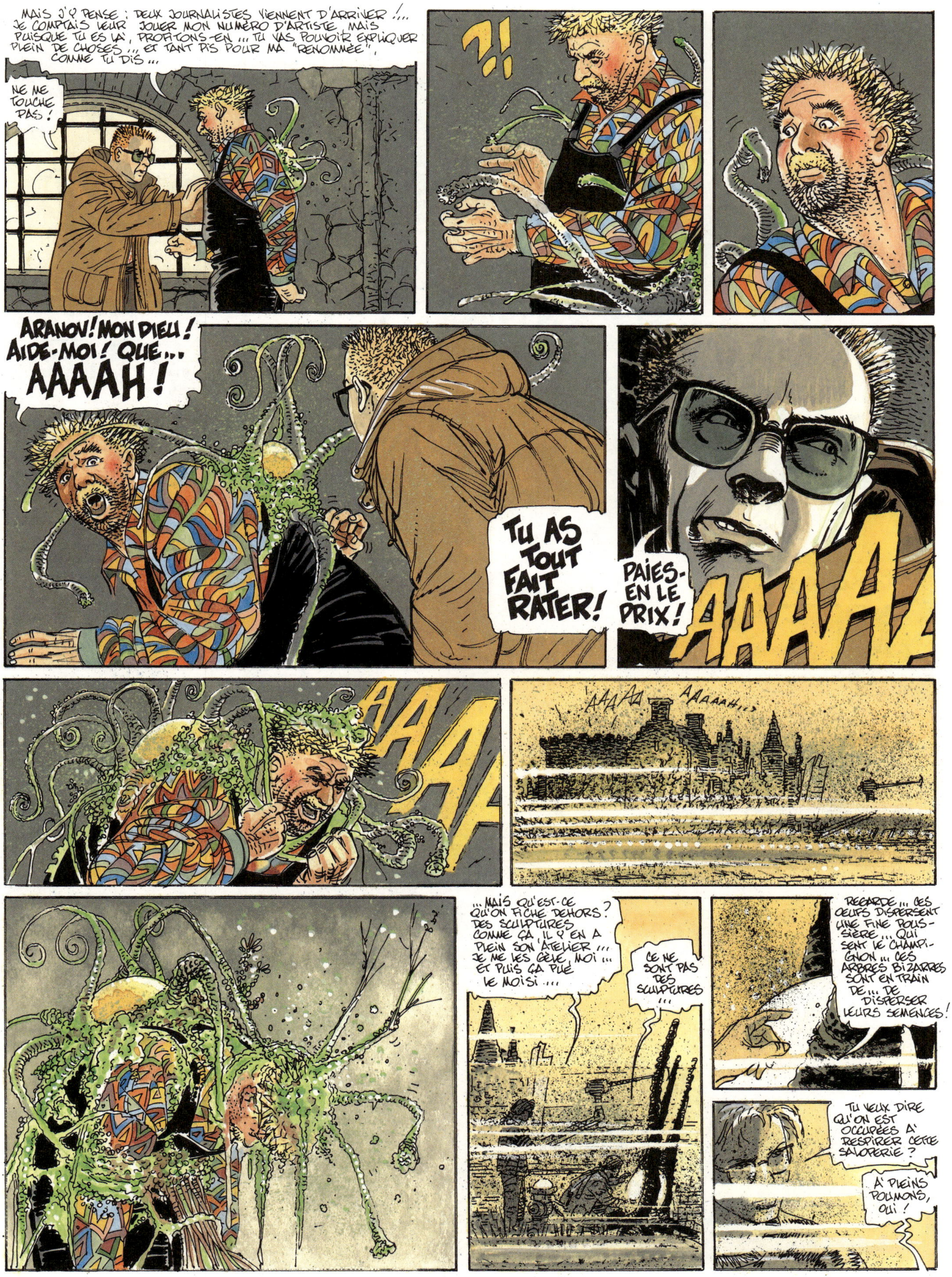
MAIS J'Y PENSE : DEUX JOURNALISTES VIENNENT D'ARRIVER !... JE COMPTAIS LEUR JOUER MON NUMÉRO D'ARTISTE, MAIS PUISQUE TU ES LÀ, PROFITONS-EN... TU VAS POUVOIR EXPLIQUER PLEIN DE CHOSES... ET TANT PIS POUR MA "RENOMMÉE", COMME TU DIS...
NE ME TOUCHE PAS !
?!
ARANOV ! MON DIEU ! AIDE-MOI ! QUE... AAAAH !
TU AS TOUT FAIT RATER !
PAIES-EN LE PRIX !
AAAAA
AAAA
AAAAA...
AAAAAH...
... MAIS QU'EST-CE QU'ON FICHE DEHORS ? DES SCULPTURES COMME ÇA, IL Y EN A PLEIN SON ATELIER... JE ME LES GÈLE, MOI... ET PUIS ÇA PUE LE MOISI...
CE NE SONT PAS DES SCULPTURES...
REGARDE... CES OEUFS DISPERSENT UNE FINE POUSSIÈRE... QUI SENT LE CHAMPIGNON... CES ARBRES BIZARRES SONT EN TRAIN DE... DE DISPERSER LEURS SEMENCES !
TU VEUX DIRE QU'ON EST OCCUPÉES À RESPIRER CETTE SALOPERIE ?
À PLEINS POUMONS, OUI !

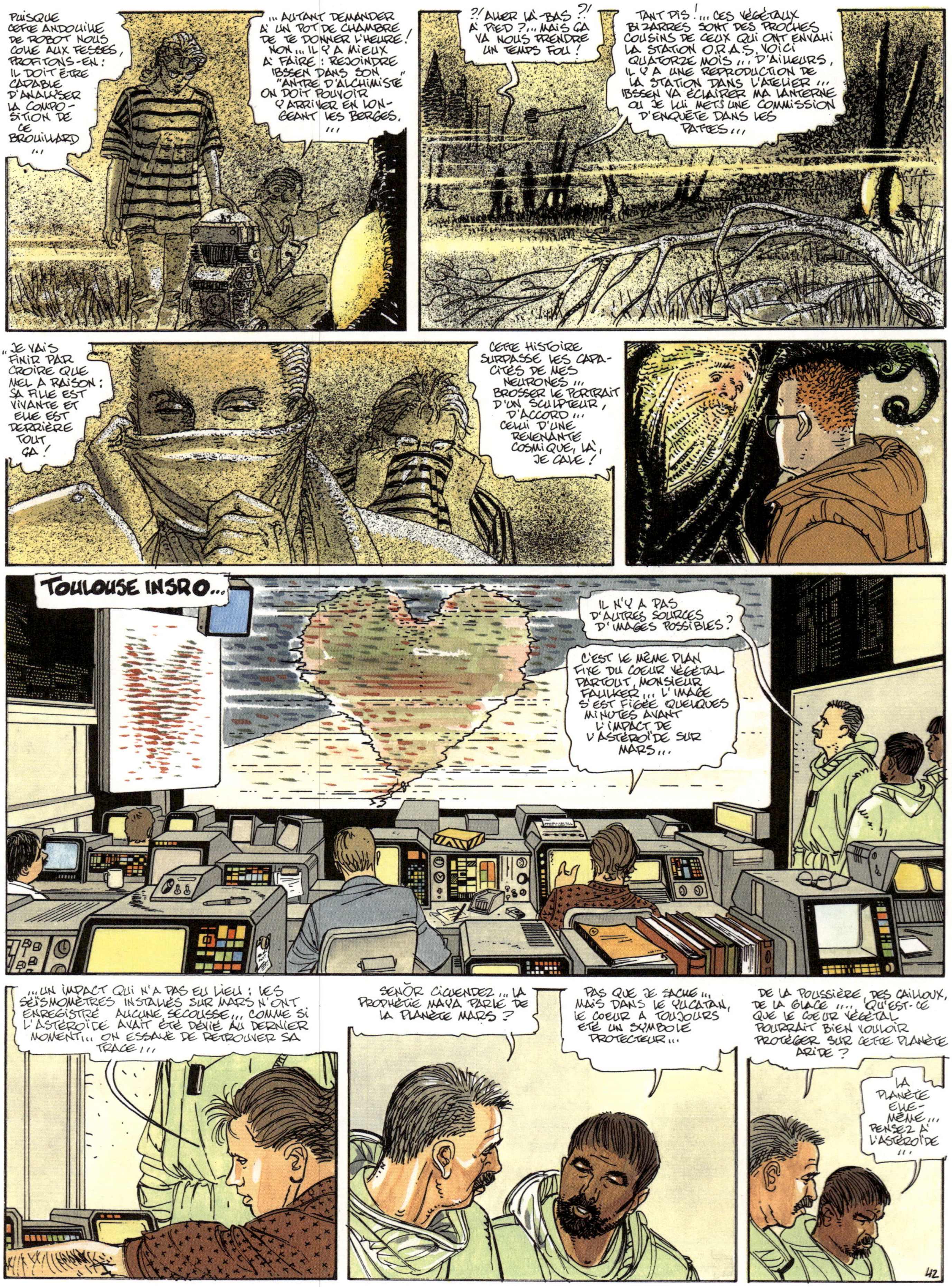
PUISQUE CETTE ANDOUILLE DE ROBOT NOUS COLLE AUX FESSES, PROFITONS-EN : IL DOIT ÊTRE CAPABLE D'ANALYSER LA COMPOSITION DE CE BROUILLARD ...
... AUTANT DEMANDER À UN POT DE CHAMBRE DE TE DONNER L'HEURE ! NON ... IL Y A MIEUX À FAIRE : REJOINDRE IBSSEN DANS SON "ANTRE D'ALCHIMISTE" ON DOIT POUVOIR Y ARRIVER EN LONGEANT LES BERGES. ...
?! ALLER LÀ-BAS ?! À PIED ?... MAIS ÇA VA NOUS PRENDRE UN TEMPS FOU !
TANT PIS ! ... CES VÉGÉTAUX BIZARRES SONT DES PROCHES COUSINS DE CEUX QUI ONT ENVAHI LA STATION O.R.A.S. VOICI QUATORZE MOIS ... D'AILLEURS, IL Y A UNE REPRODUCTION DE LA STATION DANS L'ATELIER ... IBSSEN VA ÉCLAIRER MA LANTERNE OU JE LUI METS UNE COMMISSION D'ENQUÊTE DANS LES PATTES ...
... JE VAIS FINIR PAR CROIRE QUE NEL A RAISON : SA FILLE EST VIVANTE ET ELLE EST DERRIÈRE TOUT ÇA !
CETTE HISTOIRE SURPASSE LES CAPACITÉS DE MES NEURONES ... BROSSER LE PORTRAIT D'UN SCULPTEUR, D'ACCORD ... CELUI D'UNE REVENANTE COSMIQUE, LÀ, JE CALE !
TOULOUSE INSRO...
IL N'Y A PAS D'AUTRES SOURCES D'IMAGES POSSIBLES ?
C'EST LE MÊME PLAN FIXE DU COEUR VÉGÉTAL PARTOUT, MONSIEUR FAULKER ... L'IMAGE S'EST FIGÉE QUELQUES MINUTES AVANT L'IMPACT DE L'ASTÉROÏDE SUR MARS ...
... UN IMPACT QUI N'A PAS EU LIEU : LES SÉISMOMÈTRES INSTALLÉS SUR MARS N'ONT ENREGISTRÉ AUCUNE SECOUSSE ... COMME SI L'ASTÉROÏDE AVAIT ÉTÉ DÉVIÉ AU DERNIER MOMENT ... ON ESSAYE DE RETROUVER SA TRACE ! ...
SEÑOR CIGUENDEZ ... LA PROPHÉTIE MAYA PARLE DE LA PLANÈTE MARS ?
PAS QUE JE SACHE ... MAIS DANS LE YUCATAN, LE COEUR A TOUJOURS ÉTÉ UN SYMBOLE PROTECTEUR ...
DE LA POUSSIÈRE, DES CAILLOUX, DE LA GLACE ... QU'EST-CE QUE LE COEUR VÉGÉTAL POURRAIT BIEN VOULOIR PROTÉGER SUR CETTE PLANÈTE ARIDE ?
LA PLANÈTE ELLE-MÊME ... PENSEZ À L'ASTÉROÏDE ...
42

... LA PROPHÉTIE ANNONCE LE RETOUR DE L'ENFANT QUETZAL ...
... UNE CRÉATURE MYTHIQUE NÉE DE LA FUSION DES TROIS GRANDES FORMES DE VIE : L'ANIMAL, LE VÉGÉTAL ET... ET LES CHAMPIGNONS ...
... CE RETOUR DEVAIT S'EFFECTUER DANS LE YUCATAN, À L'ENDROIT OÙ LE COEUR DE QUARTZ ENFERMANT UNE POUSSE DE "MARANTA" A ÉTÉ DÉCOUVERT ...
- LA PRÉSENCE DE CE TYPE DE PLANTE DANS LA STATION ORAS, AURAIT DONC EN QUELQUE SORTE COURT-CIRCUITÉ L'ACCOMPLISSEMENT DE LA PROPHÉTIE ?
- PROBABLEMENT, MONSIEUR FAULKER... PROBABLEMENT ...
- ALORS... EN SE POSITIONNANT EN ORBITE DE MARS, LE COEUR VÉGÉTAL VIENT PEUT-ÊTRE DE CHOISIR UNE NOUVELLE TERRE D'ACCUEIL POUR L'ENFANT QUETZAL ?...
- SI. C'EST POSSIBLE ...
BON DIEU... ET MA FILLE JULIE, DANS TOUT ÇA ?!
COURAGE RACHEL, ON Y EST PRESQUE ...
HÉ ! REGARDE... LÀ-BAS !
ARANOV?

ARANOV!.. C'EST MOI, LÉA... LÉA VAN MALK...?!
LAISSE TOMBER!... TU VOIS BIEN QU'IL SE DÉBINE!
GROSSIER MERLE!
ÉCOUTE! QUELQU'UN CRIE
SAROO
IBSSEN?...
NON... C'EST UNE VOIX DE FEMME... ÇA VIENT DE LA TOUR...
SAROOO..
SAROOO
SAROO...
AM-ZAA?
SAROOOO
AAM-ZAA
SAROOO
SARO... MON BÉ...BÉ...
JULIE?...
44

BZziii
KLIK ! VOUS ÊTES BRANCHÉ SUR LE RÉPONDEUR DE MEL FAULKER. COMMENCEZ VOTRE MESSAGE APRÈS LE BIP SONORE !!!
BIIP !
MEL, C'EST ARANOV... JE T'APPELLE D'ECOSSE... TU AVAIS RAISON : TA FILLE EST EN VIE... ICI, EN ECOSSE... LÉA DOIT ÊTRE PRÈS D'ELLE, À L'HEURE QU'IL EST... JE TE PRÉVIENS : ELLE EST EN PITEUX ÉTAT...
ENCORE UNE CHOSE...
...DANS L'HÉMISPHÈRE NORD DE LA PLANÈTE MARS, IL Y A UNE RÉGION QUI S'APPELLE ANTE PLANITIA... JE SAIS QUE LA PREMIÈRE EXPÉDITION VERS MARS EST PROGRAMMÉE DANS LES PROCHAINS MOIS... MEL, IL FAUT QUE TU TRANSMETTES CE MESSAGE : ANTE PLANITIA DOIT RESTER VIERGE... QUE PERSONNE NE S'EN APPROCHE... JAMAIS !
JE RÉPÈTE : JAMAIS !.
TEXTE ET DESSIN : Lamquet 93
COULEURS : K. TRINE.
- FIN DE L'ÉPISODE -
46.